❶ それは 私（わたし）の 傘（かさ）[だ] 。（那是我的傘。）

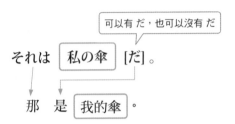

可以有 だ，也可以沒有 だ

それは 私の傘 [だ] 。

那 是 我的傘 。

解說

● 「だ」的左右有 [ ]，表示「だ」可以說，也可以不說。
● 初學日文時學到的是：それは私の傘です。（那是我的雨傘。）但是如果注意日劇、或是日本的節目，好像比較少聽到「です」、「ます」的說法。那麼，為什麼課本上卻常常出現「です」、「ます」呢？
● 這是因為日文有兩種文體：

| 丁寧體 |：比較有禮貌
適用於：長輩（不包含自己家族的長輩）、客戶、上司、學長學姊、陌生人

| 普通體 |：坦白又親近的說法
適用於：朋友、家人

「名詞」的「丁寧體」與「普通體」

● 以「傘」（かさ，名詞）為例說明：

名詞	肯定形		否定形	
現在形	傘（かさ）です （是雨傘）	丁寧體	傘（かさ）じゃありません （不是雨傘）	丁寧體
	傘（かさ）[だ] ※注意 （是雨傘）	普通體	傘（かさ）じゃない （不是雨傘）	普通體
過去形	傘（かさ）でした （（過去）是雨傘）	丁寧體	傘（かさ）じゃありませんでした （（過去）不是雨傘）	丁寧體
	傘（かさ）だった （（過去）是雨傘）	普通體	傘（かさ）じゃなかった （（過去）不是雨傘）	普通體

※ 加上「だ」會有「感慨」的感覺，或「比較像男生的口氣」，所以一般多半不講「だ」。

「な形容詞」的「丁寧體」與「普通體」

●以「にぎやか」（熱鬧，な形容詞）為例說明：

な形容詞	肯定形	否定形
現在形	にぎやかです （熱鬧） 丁寧體	にぎやかじゃありません （不熱鬧） 丁寧體
	にぎやか [だ] ※注意 （熱鬧） 普通體	にぎやかじゃない （不熱鬧） 普通體
過去形	にぎやかでした （（過去）熱鬧） 丁寧體	にぎやかじゃありませんでした （（過去）不熱鬧） 丁寧體
	にぎやかだった （（過去）熱鬧） 普通體	にぎやかじゃなかった （（過去）不熱鬧） 普通體

※加上「だ」會有「感慨」的感覺，或「比較像男生的口氣」，所以一般多半不講「だ」。

「普通體」的疑問句

●「普通體」的疑問句，句尾的「か」不需要說出來，只要把「尾音上揚」就可以了。例如：

ここはにぎやか？ ↗ 語調提高 （這裡很熱鬧嗎？）

不需要說「ここはにぎやかか？」

●例如：

〔丁寧體〕：あなたは学生ですか？

〔普通體〕：あなたは学生？ ↗ 語調提高 （你是學生嗎？）

不需要說「あなたは学生か？」

例文

●昨日は雨だった。（昨天是下雨天。）

「雨」＝「名詞」

「名詞」和「な形容詞」的「過去肯定形普通體」都是「～だった」。

●この辺りは静かじゃない。（這附近不安靜。）

「静か」＝「な形容詞」

「現在否定形普通體」是「静かじゃない」。是比較坦白的口氣。

❷ この 料理^{りょうり}はあまりおいしくない。（這道料理不太好吃。）

「い形容詞」的「丁寧體」與「普通體」

● 以「おいしい」（好吃的，い形容詞）為例說明：

い形容詞	肯定形		否定形	
現在形	おいしいです （好吃的）	丁寧體	おいしくないです （不好吃）	丁寧體
	おいしい （好吃的）	普通體	おいしくない （不好吃）	普通體
過去形	おいしかったです （（過去）是好吃的）	丁寧體	おいしくなかったです （（過去）是不好吃的）	丁寧體
	おいしかった （（過去）是好吃的）	普通體	おいしくなかった （（過去）是不好吃的）	普通體

解說

● 「い形容詞」的「丁寧體」是「〜です」，去掉「です」就是「普通體」。
● 上方的例句：この料理はあまりおいしくない。（這道菜不是那麼好吃），就是用普通體所呈現的坦白的語氣。
● 在連續劇或是歌詞裡面，不需要那麼客氣的時候，就會使用「普通體」。

「〜たい」的「丁寧體」與「普通體」

● 表示「希望」的「〜たいです」原本是：
動詞ます形（去掉ます）＋たいです
● 「〜たいです」也是和「い形容詞」一樣，去掉「です」就是「普通體」。
● 以「食べたいです」（想吃）為例說明：

～たいです	肯定形		否定形	
現在形	食べたいです （想吃）	丁寧體	食べたくないです （不想吃）	丁寧體
	食べたい （想吃）	普通體	食べたくない （不想吃）	普通體
過去形	食べたかったです （（過去）想吃）	丁寧體	食べたくなかったです （（過去）不想吃）	丁寧體
	食べたかった （（過去）想吃）	普通體	食べたくなかった （（過去）不想吃）	普通體

例文

● 昨日はとても暑かった。（昨天真的很熱啊！）

　「暑い」＝「形容詞」，「過去肯定形普通體」是「暑かった」。

● 今日は会社へ行きたくない。（今天不想去公司。）

　這是「～たい」的「普通體」用法。

　「行きたい」的「現在否定形普通體」是「行きたくない」。

學習目標 89 **動詞的普通體**

❸ 何
<ruby>何<rt>なに</rt></ruby>を<ruby>飲<rt>の</rt></ruby>む？（（你）要喝什麼？）

何を 飲む ？　　飲みます

（你） 要喝 什麼？

解說

● 原本是：<ruby>何<rt>なに</rt></ruby>を<ruby>飲<rt>の</rt></ruby>みますか？（你要喝什麼？）。
● 因為使用「普通體」，所以將「飲みます」改成「動詞辭書形－飲む」，並且「尾音上揚」就變成「普通體」的疑問句：

何を飲む？ ↗ 語調提高 （要喝什麼？）

「動詞」的「丁寧體」與「普通體」

● 以「飲む」（のむ，動詞）為例說明：

動詞	肯定形	否定形
現在形	<ruby>飲<rt>の</rt></ruby>みます （喝）　　　　丁寧體	<ruby>飲<rt>の</rt></ruby>みません （不喝）　　　丁寧體
	<ruby>飲<rt>の</rt></ruby>む（＝辭書形） （喝）　　　　普通體	<ruby>飲<rt>の</rt></ruby>まない（＝ない形） （不喝）　　　普通體
過去形	<ruby>飲<rt>の</rt></ruby>みました （（過去）喝了）丁寧體	<ruby>飲<rt>の</rt></ruby>みませんでした （（過去）沒有喝）丁寧體
	<ruby>飲<rt>の</rt></ruby>んだ（＝た形） （（過去）喝了）普通體	<ruby>飲<rt>の</rt></ruby>まなかった（＝ない形的た形） （（過去）沒有喝）普通體

「動詞」的「普通體」原則

● 動詞的現在肯定形【普通體】＝動詞【辭書形】
● 動詞的現在否定形【普通體】＝動詞【ない形】
● 動詞的過去肯定形【普通體】＝動詞【た形】
● 動詞的過去否定形【普通體】＝動詞【ない形的た形】（なかった形）

注意：「あります」的「丁寧體」與「普通體」

● 要注意「あります」的「普通體」：

動詞	肯定形		否定形	
現在形	あります （有）	丁寧體	ありません （沒有）	丁寧體
	ある（＝辭書形） （有）	普通體	ない（い形容詞的現在否定形） （沒有）	普通體
過去形	ありました （（過去）有）	丁寧體	ありませんでした （（過去）沒有）	丁寧體
	あった（＝た形） （（過去）有）	普通體	なかった（い形容詞的過去否定形） （（過去）沒有）	普通體

「あります」的「普通體」原則

● 「あります」的現在否定形【普通體】＝ない。不是「~~あらない~~」。
● 「あります」的過去否定形【普通體】＝なかった。不是「~~あらなかった~~」。

例文

● 私は携帯電話を使わない。（我不使用手機。）
 原本是「使います」（使用），否定形是「使いません」。
 「普通體」變成「使わない」。

● 昨日は何もしなかった。（昨天什麼都沒做。）
 原本是「します」（做）。
 否定形是「しません」，過去否定形是「しませんでした」。
 「普通體」變成「しなかった」。

❹ レポートは書^かかなくてもいい。（報告不寫也可以。）

表示：區別

レポートは ┌──────────────┐ 書かなくてもいい └──────────────┘ 。　　書きます

報告 ┌──────────────┐ 不寫　也　可以 └──────────────┘ 。

解說

● 主題句的由來是：
　原本是「書きます」（寫），否定形是「書きません」。
　「書きません」的「普通體」是「書かない」（動詞ない形）。
● 書かない（去掉ない）＋なくてもいいです（不用做～、沒必要做～）
　去掉「です」就是「普通體」，變成「書かなくてもいい」。

「文型」的「丁寧體」與「普通體」

● 文型改變句尾，就會變成「普通體」：

文型	丁寧體	普通體
請[做]～	ちょっと待^まってください。（請等一下。）	ちょっと待^まって。（等一下。）
正在[做]～	今^{いま}、勉強^{べんきょう}しています。（（我）現在正在唸書。）	今^{いま}、勉強^{べんきょう}している。（（我）現在正在唸書。）
可以[做]～	タバコを吸^すってもいいですか。（可以吸菸嗎？）	タバコを吸^すってもいい？（可以吸菸嗎？）
不可以[做]～	写真^{しゃしん}を撮^とってはいけません。（不可以拍照。）	写真^{しゃしん}を撮^とってはいけない。（不可以拍照。）
請不要[做]～	ここに車^{くるま}を止^とめないでください。（請不要把車子停在這裡。）	ここに車^{くるま}を止^とめないで。（不要把車子停在這裡。）
一定要[做]～	毎日残業^{まいにちざんぎょう}しなければなりません。（（我）每天一定要加班。）	毎日残業^{まいにちざんぎょう}しなければならない。（（我）每天一定要加班。）

不用 [做]～	レポートを出さなくてもいいです。 （可以不用交報告。）	レポートを出さなくてもいい。 （可以不用交報告。）
會 [做]～	ピアノを弾くことができます。 （（我）會彈鋼琴。）	ピアノを弾くことができる。 （（我）會彈鋼琴。）
曾有 [做]過 ～	日本へ行ったことがあります。 （（我）有去過日本。）	日本へ行ったことがある。 （（我）有去過日本。）
沒有 [做]過 ～	納豆を食べたことがありません。 （（我）沒有吃過納豆。）	納豆を食べたことがない。 （（我）沒有吃過納豆。）
變成～	20歳になりました。 （（我）20歳了。）	20歳になった。 （（我）20歳了。）

> **提醒**

● 跟家人、朋友講話，使用「普通體」就好；跟第一次見面的陌生人，就使用「丁寧體」。如果能夠視對象和場合不同，分別使用「丁寧體」和「普通體」的話，就非常厲害了！

❶ 日本は 物価が 高いと 思います。（（我)覺得日本的物價很高。）

> 助詞：提示內容

| 日本は | 物価が | 高い | と | 思います | 。 |

（我） 覺得 日本的 物價 很高 。

解說

● 主題句「と」是「助詞」，表示「提示內容」，提示出「我覺得」的內容。
● 「高い」是「普通形」，「高いです」是「丁寧形」。

～と思います・～と思っています

● 此文型的「普通形」可以放動詞、名詞、い形容詞、な形容詞的現在肯定、現在否定、過去肯定、過去否定…等16種用法。

| 文型整理 | ［普通形（な形容詞 だ ・ 名詞 だ）］ | と 思います 覺得～、認為～、猜想～
と 思っています |

※如果是「名詞」、「な形容詞」的「現在肯定形普通形」，需要有「だ」再接續。

「～と思います」的用法

| 表示：自己的感受、感想 | ：我覺得～、我感覺～ |

● ここは 交通が 便利だと 思います。（（我)覺得這裡交通很方便。）
「便利」＝「な形容詞」，所以：便利＋だ＋と思います。

| 表示：自己的想法、看法 | ：我認為～ |

● 激しい 運動は 体に よくないと 思います。（（我)認為激烈運動對身體不好。）
原本是「よい」（好的），否定形是「よくない」（不好的），是普通形。
「と」是「助詞」，表示「提示內容」。

| 表示：推測、推斷 | ：我猜想～、我推測～ |

● 彼はもう 帰ったと 思います。（（我)推測他已經回去了。）
原本是「帰ります」(回去)，過去形是「帰りました」。
→「普通形」則是「帰った」。

❷ 先生は来週テストをすると言っていました。
（老師說下禮拜要考試。）

```
                              助詞：提示內容
先生は │ 来週 テストを する │ と │ 言っていました │ 。
        │                    │ ↓
老師  說  │ 下禮拜 要考試 │ 。        します
```

解說

● 主題句的「と」是「助詞」，表示「提示內容」。

```
文型整理    ___X___ は ［普通形 ( な形容詞 名詞 ) ］     と 言いました。   X說 "～"
              (が)          （［だ］ ・ [だ]）           と 言っていました。
         ※命令形・禁止形也屬於普通形 ［疑問詞 － 何］
```

※「名詞」、「な形容詞」的「現在肯定形普通形」，有沒有「だ」都可以。

比較：「～と言いました」和「～と言っていました」

	～と言いました	～と言っていました
功能	●關於當場的發言 例）すみません、今何と言いましたか。 （對不起，你剛剛說了什麼？）	●轉達留言 例）部長は明日会議を開くと言っていました。 （部長說明天要開會。）
焦點	●強調「說了」這句話 例）彼はお金を返すと言いましたが、返しませんでした。 （他「說了」要還錢，卻沒有還。）	●強調說話的「內容」 例）祖母はいつも私に正直者になれと言っていました。 （奶奶總對我說「要當個誠實的人」。）

● 何（疑問詞）＋と言いました
● 原來是「返します」（歸還），「返す」是「辭書形」＝現在肯定形普通形
　所以用：返す＋と言いました
● 原來是「開きます」（召開），「開く」是「辭書形」＝現在肯定形普通形
　所以用：開く＋と言っていました
● 原來是「なります」（當、成為），「なれ」是「命令形」。
　「命令形」和「禁止形」也是普通形的一種，所以用：なれ＋と言っていました

011

❸ 禁煙はタバコを吸ってはいけないという意味です。

（「禁煙」就是不可以吸菸的意思。）

解說

● 主題句的「と」是「助詞」，表示「提示內容」。
● 提示內容的助詞「と」不能直接接續後面的名詞「意味」，所以中間要有一個「いう」（形式上的動詞）
● 「～と＋いう＋意味」的意思類似中文的「～的意思」。

～は～という意味です

● 如果要對外國人解釋某個字的意義時，很適合用這個文型：

文型整理	__X__ は [※**普通形** (な形容詞 名詞 [だ] ・[だ])] という意味です X是～的意思

※ 命令形・禁止形也屬於普通形

※「名詞」、「な形容詞」的「現在肯定形普通形」，有沒有「だ」都可以。

例文

● 一時停止は一回止まれという意味です。

（「暫停」是要停止一次的意思。）（「停車再開」是要停(車)一次的意思。）

原本是「止まります」（停止），命令形是「止まれ」。

「命令形」和「禁止形」也是普通形的一種，

所以用：止まれ＋という意味です

● 進入禁止は中に入るなという意味です。

（禁止進入就是不准進去裡面的意思。）

原本是「入ります」（進入），禁止形是「入るな」。

「命令形」和「禁止形」也是普通形的一種，

所以用：入るな＋という意味です

❶ どこへ行くんですか。（（你）要去哪裡？）

```
          どこへ  行く  んです  か。        行きます

          （你）  要去   哪裡 ？
```

文型整理

［普通形（ な形容詞 ・ 名詞 ）（ な ・ な ）］ んです ＜表示關心好奇、期待回答＞
＜訴求理由＞
＜強調、感慨＞

※如果是「名詞」、「な形容詞」的「現在肯定形普通形」，需要有「な」再接續。

解說

● 原本是「行きます」（去），「現在肯定形普通形」是「行く」（＝辭書形）
● どこへ行くんですか。＝どこへ行きますか。（你要去哪裡？）

「〜んです」的基本用法：

關心好奇、期待對方回答：以「〜んですか」的方式（加上疑問助詞「か」）
● 如果在路上遇到朋友，他背著登山包穿登山鞋，你好奇地問他要去哪裡時，就可以用「どこへ行くんですか」來提問。

說明理由、因為…

● A：どうして遅れましたか。（為什麼遲到了？）

  B：バスが来なかったんです。（因為公車沒有來。）
● 這裡的「〜んです」表示理由。
● 原本是「来ます」（來）
  → 「過去否定形普通形」是「来なかった」（ない形的た形）

強調、感慨

● 上野の桜はきれいなんですね。（上野的櫻花好漂亮啊！）
● 這裡的「〜んです」有一點強調感慨的口氣。
● 「きれい」是「な形容詞」，所以：きれい＋な＋んです

● 很多人誤以為「～んですか」是禮貌的用法，其實不是，只是表示「好奇關心」。所以不能什麼問題都用「～んですか」來問，這樣子對方會覺得很煩。這一點一定要特別注意。

「～んですか」＝「～の？」

● 看連續劇經常聽到日本人說：どうしたの？（怎麼了？）、どこ行<ruby>く<rt>い</rt></ruby>の？（要去哪裡？）、何<ruby>食<rt>なに</rt></ruby>べるの？（要吃什麼？）…等等。

● 這些「～の？」就是「～んですか」的普通體會話表現方式。因為是疑問句，所以「～の？」句尾的語調要上揚。

例文

● A：<ruby>顔 色<rt>かおいろ</rt></ruby>が<ruby>悪<rt>わる</rt></ruby>いですよ。どうしたんですか。（臉色很不好耶。怎麼了嗎？）

　B：<ruby>朝<rt>あさ</rt></ruby>からおなかの<ruby>調 子<rt>ちょうし</rt></ruby>が<ruby>悪<rt>わる</rt></ruby>いんです。

　　（因為從早上開始肚子的狀況就不太好。）

● 原本是「どうしましたか」（怎麼了）

　→「しました」的「過去肯定形普通形」是「した」（た形）

　→ どうした＋んですか

● A是表示關心，可以用「～んですか」。

● B的「悪いんです」的「～んです」則表示理由。

❷ メールをチェックしたいんですが、パソコンを借りてもいいですか。
（(我)想要檢查電子郵件，可以跟你借電腦嗎？）

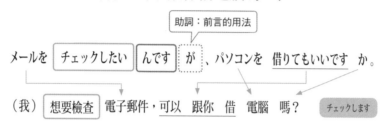

助詞：前言的用法

メールを ｜チェックしたい｜ ｜んです｜ が 、パソコンを 借りてもいいです か。

（我）｜想要檢查｜電子郵件，可以 跟你 借 電腦 嗎？　　チェックします

解說

● 「チェックしたい」＝「チェックします」＋ 表示想要〜的「たい」
● 借ります（ます形），借りて（て形）＋もいいですか（可以跟你借〜嗎）
● 「んです」表示理由。「が」是「助詞」，表示「前言」。

什麼是「前言」？

● 打電話到別人家時，日本人會說：
　出口ですが、田中さんいますか。（我是出口，田中先生在嗎？）
● 前面的「出口ですが」就是「前言」。雖然後句的「田中さんいますか」才是重點，但是一接電話就說「田中在嗎？」不太好，最好先說「前言」。
● 想跟別人借電腦也是一樣，先說明要借的原因（前言）比較好。

「前言」的用法

● 直接講重點會有一點冒昧的時候，就在重點前先說「〜んですが」（前言）就不會那麼冒昧。

「〜んですが」接續其他文型

● 表示前言的「〜んですが、〜」接續其他文型的用法很常見：

前句	後句	
理由 んですが、	ます形 ませんか	…邀請、邀約
	て形 ください	…要求
	ない形 でください	…要求
	て形 も いいですか	…請求許可
	た形 ら いいですか	…請求建議
	て形 いただけませんか	…拜託
	…etc	

助詞「が」：前言的用法
陳述重點在後句，但是直接說後句會覺得冒昧或意思不夠清楚時，先講出來前句，讓句意清楚，並在前句句尾加「が」，再接續後句。

● ～んですが、＋ ｜ます形｜ ませんか：

（例）チケットをもらったんですが、一緒に見に行きませんか。

（我收到門票，要不要一起去看？）

◎ 原本是「もらいます」（得到）

「過去肯定形普通形」是「もらった」（た形）

→ もらった＋んですが

● ～んですが、＋ ｜ た形 ｜ らいいですか：

（例）日本で仕事を見つけたいんですが、どうしたらいいですか。

（想在日本找工作，怎麼做才好呢？）

◎ 見つけます（去掉ます）＋たいです

→ 見つけたいです（現在肯定形丁寧形，想要找）

「現在肯定形普通形」是「見つけたい」

→ 見つけたい ＋んですが

● ～んですが、＋ ｜ て形 ｜ いただけませんか：

（例）テレビが映らないんですが、ちょっと見ていただけませんか。

（電視機播不出畫面，可不可以請你看一下？）

◎ 原本是「映ります」（播映）

「現在否定形普通形」是「映らない」（ない形）

→ 映らない ＋んですが

學習目標 96 名詞接續 〔28課〕

❶ これは 京_{きょうと}都で撮った写_{しゃしん}真です。（這是在京都拍的照片。）

これは　京都で　[撮った]　[写真]　です。

這　是　在京都　[拍的]　[照片]　。　　撮ります

之前學過接續「名詞」的方法

● 之前學過「い形容詞」、「な形容詞」、「名詞」接續名詞的方法：

い形容詞－い ⎫
な形容詞－な ⎬ ＋ [名詞]
名詞－の ⎭

例：高_{たか}い山_{やま}
例：きれいな花_{はな}
例：日_{にほん}本の雑_{ざっし}誌

「普通形」接續「名詞」的方法

文型整理 　[普通形 （な形容詞 名詞 な ・ の）] ｜ [名詞]　＜名詞接續＞

※如果是「な形容詞」的「現在肯定形普通形」，需要有「な」再接續。
※如果是「名詞」的「現在肯定形普通形」，需要有「の」再接續。

● 「普通形」的許多時態都可以接續名詞，請參考下表。
〔說明〕下表每一種詞類用四個方格舉例，四個方格所代表的時態如下：

詞類	現在肯定形	現在否定形
	過去肯定形	過去否定形

動詞	社_{しゃいんりょこう}員旅行に行_いく [人_{ひと}] は誰_{だれ}ですか。 （要去員工旅行的人是誰？）	社_{しゃいんりょこう}員旅行に行_いかない [人_{ひと}] は誰_{だれ}ですか。 （不要去員工旅行的人是誰？）
	社_{しゃいんりょこう}員旅行に行_いった [人_{ひと}] は誰_{だれ}ですか。 （去了員工旅行的人是誰？）	社_{しゃいんりょこう}員旅行に行_いかなかった [人_{ひと}] は誰_{だれ}ですか。 （沒有去員工旅行的人是誰？）

い形容詞	ここは この町で一番おいしい 店 です。 （這裡是這個城市中最好吃的店。）	ここは この町で一番おいしくない 店 です。 （這裡是這個城市中最不好吃的店。）
	昨日の宴会でおいしかった 料理 は何ですか。 （昨天的宴會上好吃的料理是什麼？）	昨日の宴会でおいしくなかった 料理 は何ですか。 （昨天的宴會上不好吃的料理是什麼？）
な形容詞	ここは 今、この町で一番にぎやかな 所 です。 （這裡是現在這個城市中最熱鬧的地方。）	ここは 今、この町で一番にぎやかじゃない 所 です。 （這裡是現在這個城市中最不熱鬧的地方。）
	ここは 10年前、にぎやかだった 所 です。 （這裡是10年前很熱鬧的地方。）	ここは 10年前、にぎやかじゃなかった 所 です。 （這裡是10年前不熱鬧的地方。）
名詞	皆さんの中に 日本語学科の 人 はいますか。 （大家之中有沒有日文系的人？）	皆さんの中に 日本語学科じゃない 人 はいますか。 （大家之中有沒有不是日文系的人？）
	皆さんの中に 日本語学科だった 人 はいますか。 （大家之中有沒有以前是日文系的人？）	皆さんの中に 日本語学科じゃなかった 人 はいますか。 （大家之中有沒有以前不是日文系的人？）

❷ 私が生まれたのは九州の小さな町です。
わたし　う　　　　　　　きゅうしゅう　ちい　　まち

（我出生的地方是九州的（一個）小城鎮。）

> 代替名詞的形式名詞

私が ｜生まれた｜ の ｜ は 九州の 小さな 町 です 。

我 ｜出生的｜ 地方 ｜ 是 九州的 一個 小 城鎮 。　　生まれます

 什麼是「形式名詞」？

● 主題句要表達的是：私が生まれた<u>町</u>は九州の小さな町です。
● 但是一個句子裡說了兩次「町」有一點奇怪，所以將第一個「町」改成「の」。
● 這樣的「の」就是「形式名詞」。有兩種情況會使用「形式名詞」：
　（1）已經知道要講的名詞是什麼
　（2）一個句子裡，同一個名詞會出現兩次，其中一個就用「の」代替。
●「の」可以代表人，也可以代表東西，要視句子的情況來判斷「の」所代表的意義。
● 因為「は」是「助詞」，助詞前面只能放名詞，所以前面一定要加上「形式名詞：の」。

普通形 + 形式名詞の

文型整理 ｜ ［普通形 な形容詞 名詞（な・な）］ ｜ の 　＜代替名詞＞

※如果是「名詞」、「な形容詞」的「現在肯定形普通形」，需要有「な」再接續。

例文

● この中でまだ結婚していないのは誰ですか。（の＝人）
　なか　　　　けっこん　　　　　　だれ

　（在這之中，還沒結婚的（人）是誰？）

◎ 已經知道要講的名詞是「人」，可以用形式名詞「の」來代替。
◎ 結婚していません（丁寧形，還沒結婚），結婚していない（普通形）。

● 私が欲しいのはこのカメラです。（の＝カメラ）
　わたし　ほ

　（我想要的（相機）是這台相機。）

◎ 一個句子裡「相機」會出現兩次，前面的「相機」就用「の」代替。
◎ 欲しいです（丁寧形，想要），欲しい（普通形）。

❸ 私はお菓子を作るのが好きです。（我喜歡做糕點。）

對比：りんごが好きです。（我喜歡蘋果。）

名詞

解說

● 在〔中級本16課〕曾學過：
動詞不能直接接續助詞「が」，中間要加上形式名詞「こと」，再接動詞。
例如：ピアノを弾くことができます。（(我)會彈鋼琴。）

● 當動詞變成「普通形」時也是類似用法，但有時候會將「こと」改成「の」。
（※「こと」和「の」的用法差異，請對照參考 高級本28課）

● 當然，如果是名詞，就可以直接接續「助詞」。如上「りんご」的例句。

普通形 ＋ 形式名詞の ＋ 助詞

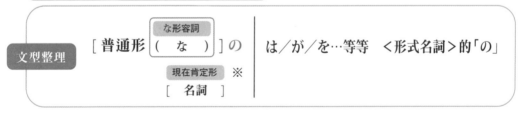

※如果是「な形容詞」的「現在肯定形普通形」，需要有「な」再接續「の」及後面。
※如果是「名詞」的「現在肯定形普通形」，則不需要有「の」，直接接續後面。

例文

● 朝散歩するのは気持ちがいいです。（早上散步心情很好（很舒服）。）
◎原本是「散歩します」（散步），「普通形」是「散歩する」（＝辭書形）
　→散歩する（動詞）＋の（形式名詞）＋は（助詞）

● 保険証を持って来るのを忘れました。（忘記帶健保卡來了。）
◎原本是「持って来ます」（帶來），「普通形」是「持って来る」（＝辭書形）
　→持って来る（動詞）＋の（形式名詞）＋を（助詞）
◎這句話也可以說：保険証を忘れました。但是用「持って来る」有強調「忘了帶來」的感覺。

❹ いつ日本へ旅行に行くか、まだわかりません。
（什麼時候要去日本旅行，（我）還不知道。）

 解說

● 初學日文的時候，上面的主題句可能會這樣說：
　いつ日本へ旅行に行きますか。まだわかりません。

● 其實這樣說也聽得懂，只是不需要把一句話分開成兩句話來講。

● 這時候只要保留疑問詞「か」，並且把前面的動詞變成「普通形」就可以了。

疑問句的名詞節

文型整理

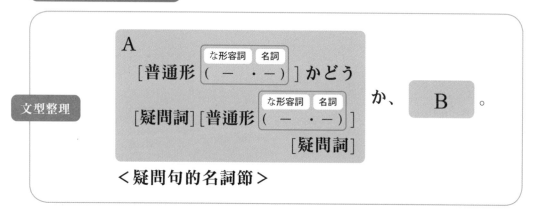

< 疑問句的名詞節 >

※「名詞」、「な形容詞」的「現在肯定形普通形」，直接接續「かどうか」，不需要加「だ、な、の」。

※ 如果前句的疑問詞在最後，直接加「か」，再接續後句。

（例）

● 一開始的句子是：太郎さんが来るか、まだわかりません。

●這個句子裡沒有「疑問詞」。所謂的疑問詞是：

いつ（什麼時候）、誰（誰）、「どこ」（哪裡）、何（什麼）、何時（幾點）、何月（哪個月）、どのくらい（多久）…等等。

●句子沒有疑問詞的時候，請把「か」改成「かどうか」（是否）。

例文

●Ａ：山田さんは子供がいますか。（山田先生有小孩嗎？）
●Ｂ：さあ、いるかどうかわかりません。（這個嘛…有沒有我也不知道。）
◎「さあ」＝「不知道、不曉得」的語氣。
◎句子沒有疑問詞，所以要加上「かどうか」。
◎原本是「います」（有（人、生物…）），「普通形」是「いる」（＝辭書形）
　→いる（普通形）＋かどうか＋後句

●ＪＬ４０７便は何時に到着するか調べてください。
　（請查詢JL407航班什麼時候會抵達。）
◎句子有疑問詞「何時」，所以不需要「かどうか」。
◎原本是「到着します」（抵達），「普通形」是「到着する」（＝辭書形）
　→何時（疑問詞）＋に＋到着する（普通形）＋か＋後句

❶ 家へ帰る時、家族にお土産を買って帰ります。
　　（要回家時，（我）要給家人買名產後再回去。）

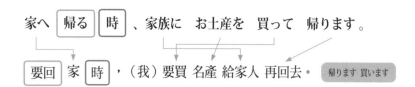

A的時候，B

文型整理　A [普通形 (な形容詞 な ・ 名詞 の)] 時、 B 。　A的時候，B

※如果是「な形容詞」的「現在肯定形普通形」，需要有「な」再接續。
※如果是「名詞」的「現在肯定形普通形」，需要有「の」再接續。

「時」前面的時態

● 公司到蛋糕店的途中，「回家去」的動作「還沒完成」
　→ 家へ帰る時、ケーキを買います。【用現在形：帰る】
　　（要回家時，要買蛋糕。）

● 如果是已經回到家了，「回家去」的動作「已經完成」
　→ 家へ帰った時、「ただいま」と言います。【用過去形：帰った】
　　（回到家時，要說「我回來了」。）

「形容詞」＋「時」的例子

● 暑くない時は、クーラーを消してください。（不熱的時候，請把冷氣關掉。）
◎「は」是助詞，表示區別（初級本05課）。
◎暑くないです（丁寧形，不熱），暑くない（普通形）。
◎消します（ます形），消して（て形）。

「名詞」＋「時」的例子

● 学生の時、よくこの店で昼ご飯を食べました。
　　（學生的時候，常常在這間店吃午餐。）
◎「学生」（名詞）＋の＋時

❷ 会社を休む場合は、上司に連絡してください。
（要向公司請假時，請聯絡上司。）

会社を │休む│ │場合は│ 、上司に　連絡して　ください。

│要│向公司│請假│時│ ，請　聯絡　上司。　　休みます　連絡します

A 的時候，B

● 「場合」（ばあい）的意思幾乎和「時」（とき）一樣。

※如果是「な形容詞」的「現在肯定形普通形」，需要有「な」再接續。
※如果是「名詞」的「現在肯定形普通形」，需要有「の」再接續。

「場合」（ばあい）的文型

● 「～場合」的文型有「前句」和「後句」：
　〔前句〕＋場合は、＋〔後句〕。
　〔前句〕：假設某一種狀況〔後句〕：針對前句狀況說明「指示、要求」等
● 〔前句〕和〔後句〕一定要吻合上述原則，才能使用「～場合」。

例文

● ３０分待っても来ない場合は、店に連絡したほうがいいですよ。
　（等了30分鐘也沒有來的話，最好聯絡店家比較好唷。）
◎「前句」是「假設狀況」，可以用「場合」。
◎待ちます（ます形），待って（て形）＋も（即使…，是逆接的語氣）。
◎原本是「来ます」（來），「現在否定形普通形」是「来ない」（こない）。
● 風邪をひいた場合は、水を飲んでゆっくり寝てください。
　（如果感冒了的時候，請多喝水好好睡覺。）
◎「前句」是「假設狀況」，可以用「場合」。
◎原本是「風邪をひきます」（感冒），「過去肯定形た形」是「風邪をひいた」
※「過去肯定形た形」也適用於表示「動作的完成」
　這裡的「ひいた」並不是表示過去發生的，而是指「動作完成／完了」

❸ 彼は日本に来たばかりです。（他剛來日本。）
かれ　にほん　き

彼は　日本に　来た　ばかりです　。

他　剛　來　日本　。　　来ます

解説

● 這也是跟時間有關的文型。
● 来ます（ます形，來），来た（た形）＋ばかり（剛來）。

文型整理

[動詞－た形] ｜ ばかりです　　剛剛［做］〜

例文

● 今ご飯を食べたばかりですから、おなかが空いていません。
いま　はん　た　　　　　　　　　　　　　　　　　　す
　（因為現在才剛吃完飯，所以肚子不餓。）
◎食べます（ます形，吃），食べた（た形）＋ばかり（剛剛才吃）。
◎空きます（ます形，空），空いて（て形）＋いません（目前沒有空著）。
● 彼は今年入社したばかりの新人です。
かれ　ことしにゅうしゃ　　　　　　　しんじん
　（他是今年才剛進入公司的新人。）
◎入社します（ます形，進入公司）
　→ 入社した（た形）＋ばかり（剛剛進入公司）。
◎「新人」（しんじん）＝「新進員工」

❹ これから出^でかけるところです。（（我）現在正要出門。）

これから ｜ 出かける ｜ ｜ ところです ｜ 。

（我）現在 ｜ 正 ｜ 要出門 。 出かけます

正要［做］～、正在［做］～、剛剛［做］～

● 主題句的「これから」＝「從現在起」。

文型整理

［動詞－辭書形］	ところです	正要［做］～
［動詞－て形］いる		正在［做］～
［動詞－た形］		剛剛［做］～

［動詞－て形］います vs. ［動詞－て形］いる＋ところです

● 前者是〔中級本14課：現在進行的說法〕，和本單元所學的（後者），這兩個文型翻譯的意思都是：正在［做］～，但並非各情況都能互換使用。差異在於：
● 如果是「非階段性的動作」→ 只能用：［動詞－て形］います
　　　　　　　　　　　　　　→ 不能用：［動詞－て形］いるところです
● （例）（○）今^{いま}、ご飯^{はん}を食^たべています。
　　　　（○）今^{いま}、ご飯^{はん}を食^たべているところです。（（我）現在正在吃飯。）
● （例）（○）赤^{あか}ちゃんが笑^{わら}っています。（嬰兒正在笑。）
　　　　（×）赤^{あか}ちゃんが笑^{わら}っているところです。

◎ 嬰兒想笑就笑，屬於「非階段性的動作」，只能用「て形＋います」。
◎ 笑います（ます形），笑って（て形）

［動詞－た形］ばかりです vs. ［動詞－た形］ところです

● 這兩個文型翻譯的意思也都是：剛剛［做］～，但也並非各情況都能互換使用。
● 差異在於：「た形＋ところです」較具體表示「才剛剛正在［做］～」。

	動作完成經過了一段時間	後面接續名詞
た形＋ばかりです	○	○ （例）焼^やいたばかりのパン（剛出爐的麵包） ※た形＋ばかり＋の＋名詞
た形＋ところです	×	×

❶ 私 は友 達に 料 理を作ってあげました。（我為朋友做菜。）
わたし　ともだち　りょうり　つく

私は　友達に　料理を　｜作って｜　｜あげました｜　。

我　　為朋友　｜做｜　菜。　　作ります あげます

┌「授受表現」：我給予別人～┐

● 〔初級本 08 課〕學過，「我要給別人蘋果」可以說：
　私 は友達にりんごをあげます。
わたし　ともだち
　｜施惠者｜ は ｜受惠者｜ に ｜東西｜ を あげます

┌「授受表現」再進階：也可以給予別人「動作好處」┐

● 除了「有形的物品」，也可以給別人「無形的動作好處」。
● 這時候要用「動詞て形」來接續。例如：
　私 は友達に 料 理を作ってあげました。
わたし　ともだち　りょうり　つく
● 作ります（ます形，製作），作って（て形）
● 給予的不是「物品」，而是「動作好處：做菜給朋友」。

　｜施惠者｜ は ｜受惠者｜ に ｜動作的好處：て形｜ あげます

┌A幫B[做]～┐

文型整理

　　　　A　は　B　に ※[動詞－て形]あげます　A幫B[做]～

　　　　※ 有時候「に」會換成其他的助詞

┌例文┐

● 私 は友達に 中 國語を教 えてあげました。（我教朋友中文。）
わたし　ともだち　ちゅうごくご　おし
◎「教語言」也是動作好處，用「て形＋あげます」。
◎ 教えます（ます形，教），教えて（て形）
◎ あげます（ます形，給予），あげました（過去形ました）。

❷ 私 は友達に駅まで 車 で 送ってもらいました。
（我請朋友開車送（我）到車站。）

私は　友達に　駅まで　車で　送って　もらいました 。

我　請朋友　開車　送　（我）到車站 。　送ります もらいます

「授受表現」：我從別人得到～

● 〔初級本 08 課〕學過，「我從朋友那裡得到了卡片」可以說：
私 は友達にカードをもらいました。

「授受表現」再進階：也可以接受別人「動作好處」

● 除了「有形的物品」，也可以得到「無形的動作好處」。
● 這時候要用「動詞て形」來接續。例如：
私 は友達に駅まで 車 で送ってもらいました。（我請朋友開車送（我）到車站。）
● 送ります（ます形，接送），送って（て形）
● 得到的不是「物品」，而是「動作好處：朋友開車送我到車站」。

受惠者 は 施惠者 に ┌ 東西：名詞 を ┐ もらいました。
（要求者）　（被要求者） └ 動作的好處：て形 ┘ ※通常用過去形ました較多

● 「受惠者」也可以說是「要求者」，「施惠者」也可以說是「被要求者」
＝我（受惠者）拜託朋友（施惠者）開車送我去車站。

A請B（為A）[做]～

文型整理
A は B に [動詞－て形]もらいます
A請B（為A）[做]～

例文

私 は友達に 教 科書を見せてもらいました。（我請朋友給我看教科書。）
◎「給我看～」也是動作好處，用「て形＋もらいます」。
◎ 見せます（ます形，給別人看），見せて（て形）
◎ もらいます（ます形，得到），もらいました（過去形ました）。

よう　　わたし　ちゅうごくご　　おし
❸ 楊さんは 私 に 中 国語を教えてくれました。（楊先生教我中文。）

楊さんは 　私に　 中国語を 　教えて　 くれました 　。

楊先生 　教　 我 中文 。 　　教えます くれます

「授受表現」：別人給我～

● 〔初級本 08 課〕學過，「朋友送給我卡片」可以說：
ともだち　わたし
友達は 私 にカードをくれました。

● 同時複習一下「くれます」（別人給我～）這個字：
我給別人用「あげます」，為什麼「別人給我」不能用「あげます」？
因為「あげます」的動作是「舉起東西往上獻給」的樣子，如果讓別人對我做這樣的動作，好像自己是高高在上的人。為了避免產生這樣的語感，就用另一個動詞「くれます」。

「授受表現」再進階：別人也可以給我「動作好處」

● 除了「有形的物品」，別人也可以給我「無形的動作好處」。
● 這時候要用「動詞て形」來接續。例如：
ともだち　わたし　りょうり　つく
友達は 私 に 料 理を作ってくれます。（朋友幫我做菜。）
● 作ります（ます形，製作），作って（て形）
● 朋友給我的不是「物品」，而是「動作好處：朋友幫我做菜」。

施惠者 は 受惠者 に 東西：名詞 を ※ くれます。
（我或自己人） 動作的好處：て形

A幫B[做]～

文型整理　　　　　A は B に ※ [動詞－て形]くれます　A幫B[做]～
※ B是自己或自己人，「に」會視句意換成其他助詞

● 要特別注意的是：這裡的B是「我或自己人」。

- 譬如說，別人為我的哥哥、為我的妹妹、為我的爸爸，別人為我的自己人做一個動作好處，也是用「くれます」。
- 因為家人也是跟自己一樣，也要表現出謙虛，所以別人對我家人做的動作也不能用「あげます」。

例文

● 高橋さんは 私 を居酒屋へ連れて行って<u>くれました</u>。
（高橋先生帶我去居酒屋。）

◎ 這裡請注意，「受惠者」的後面不是「に」，而是「を」。

◎ 因為這句話原本應該說：

高橋さんは <u>私 に</u> 私 を居酒屋へ連れて行ってくれました。

◎ 帶某人去（連れて行きます）的「動作作用對象」是「私」，「受惠者」也是「私」，所以說「私に私を～」。

◎ 但是，說兩個「私」很奇怪，所以就省略了「私に」。

◎ 「別人帶我去～」也是動作好處，用「て形＋くれます」。

◎ 連れて行きます（ます形，帶某人去），連れて行って（て形）

◎ くれます（ます形，給（我）），くれました（過去形ました）。

❹ 私は子供に本を読んでやりました。（我唸書給小孩（聽）。）

私は　子供に　本を　読んで　やりました　。

我　唸　書本 給小孩（聽）。 　読みます やります

我給予「下位立場者」

● 之前學過「我給予別人物品或動作好處」：用「あげます」。但是如果對方是「下位立場者、或動植物」，則用「やります」。

文型整理	A は B に ※ [動詞－て形]やります　A幫B[做]〜

※ B是「下位立場者」或「動、植物」，「に」會視句意換成其他助詞

● 所謂「下位立場者」可以是小孩、公司的部下、家裡的動植物⋯等。

也可以給予「下位立場者」動作好處

●「上位立場者」給予「下位立場者」有形物品或動作好處，用「やります」。

施惠者 は 受惠者 に ※ { 東西：名詞 を / 動作的好處：て形 } やります。
（下位立場者）

● 例如：
私は花に水をやります。（我給花澆水。）
私は孫に昔の歌を歌ってやりました。（我唱老歌給孫子聽。）

● 歌います（ます形，唱歌），歌って（て形）
● やります（ます形，給予），やりました（過去形ました）
● 給花澆水，給予的是「水」；唱老歌給孫子，是給予「動作好處」。

有些日本人不想強調自己的偉大，都用「あげます」

● 但是最近有些日本人，習慣不用「やります」，都說成「あげます」。
● 原因是不喜歡自己是偉大的，不想強調自己是那麼上面的人，所以用「あげます」。但是原本的用法應該是「やります」。

❶ 「自動詞」和「他動詞」的差異

┃他動詞：「有」動作作用對象

● ドアを<u>開けます</u>。（我打開門。）

「ドア」是「動作作用對象」→「開けます」是「他動詞」。

┃自動詞：「沒有」動作作用對象

● 如果是自動門自己開啟，沒有「動作作用對象」：

ドアが<u>開きます</u>。（門要開了。）→「開きます」是「自動詞」。

┃簡單區別：「自動詞」和「他動詞」

	自動詞	他動詞
動作作用對象 （目的語）	沒有（不及物動詞）	有（及物動詞）
基本對應的助詞	＿＿が 自動詞 。	＿＿を 他動詞 。

※不及物動詞：動作不會涉及到別人，只有單純自己的動作。例如：我坐下、我站起來。
※及物動詞：有「動作作用對象」。

┃「を」的後面不一定是「他動詞」

● 要注意：

當助詞「を」是表示「動作作用對象」時，後面的動詞才是「他動詞」。例如：

● ご飯を食べます。（吃飯）

「を」＝「動作作用對象」的助詞 →「食べます」是「他動詞」。

● 橋を渡ります。（過橋）

「を」＝「經過點」的助詞 →「渡ります」是「自動詞」。

● 教室を出ます。（離開教室）

「を」＝「離開點」的助詞 →「出ます」是「自動詞」。

「が」的後面不一定是「自動詞」

● 談話時如果彼此都知道「動作作用對象」是什麼，經常會省略不說出來。這時候「が」後面的動詞就應該是「他動詞」。例如：

● 私が（ドアを）開けます。（我來開（門）。）
わたし　　　　　　　あ
有「動作作用對象」（ドアを），只是省略沒說出來
→ 所以「が」後面的「開けます」是「他動詞」。

如何區別使用「自動詞」、「他動詞」

判斷或使用「自・他動詞」時，請大家根據這個原則：

● 如果這個動作「有」動作作用對象
　→ 動詞應該是「他動詞」。

● 如果這個動作「沒有」動作作用對象，不會涉及任何人，只是單純自己的動作
　→ 動詞應該是「自動詞」。

❷ かばんが開いていますよ。（（你的）皮包開開的喔。）

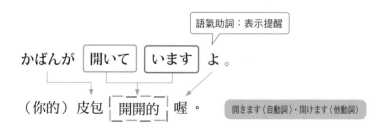

語氣助詞：表示提醒

かばんが ｜ 開いて ｜ います ｜ よ。

（你的）皮包 ｜ 開開的 ｜ 喔。

開きます（自動詞）・開けます（他動詞）

解說

- 「開きます」（打開）＝「自動詞」。
- 開きます（ます形），開いて（て形）＋います

【自動詞て形＋います】：表示目前狀態

文型整理　［**自動詞－て形**］｜います　＜表示目前狀態（無目的・不強調意圖的）＞

例文

- a：ボタンが外れていますよ。（鈕扣開了喔！）
  b：あ、ありがとうございます。（啊！謝謝。）
- ◎ 外れます（卸除、鬆開）＝「自動詞」。
- ◎ 外れます（ます形），外れて（て形）＋います
- a：田中さんはいますか。（田中先生在嗎？）
  b：部屋の電気がついていませんから、いないと思います。
  　（因為房間的電燈沒有開，我猜想他不在。）
- ◎ つきます（開啟電器）＝「自動詞」。
- ◎ つきます（ます形），ついて（て形）＋います
- ◎ ついています（肯定形），ついていません（否定形）

❸ 部屋にポスターが貼ってあります。（房間有貼好海報。）

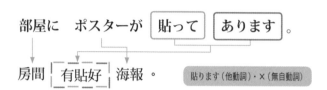

部屋に　ポスターが　貼って　あります 。

房間 │ 有貼好 │ 海報 。　　貼ります（他動詞）・×（無自動詞）

解説

- 「貼ります」（貼）＝「他動詞」。
- 貼ります（ます形），貼って（て形）＋あります

【他動詞て形＋あります】：表示目前狀態

文型整理　［他動詞－て形］│ あります ＜表示目前狀態（有目的・強調意圖的）＞

- 上一個單元的「自動詞て形＋います」也是「表示目前狀態」，但是是屬於「沒有意圖」的。例如：「你的包包開開的喔」，雖然是開開的，但是是沒有意圖的，只是忘了關而已。
- 但是這個單元的「我的房間裡有貼好一張海報」，這是「有目的、有意圖」而貼好的。

例文

- a：何か飲みたいですね。（想要喝點什麼東西耶。）
  b：冷蔵庫にビールが冷やしてありますから、飲んでもいいですよ。
  （冰箱裡有啤酒冰鎮好，可以喝唷。）
- ◎ 冷やします（冰鎮）＝「他動詞」。
- ◎ 冷やします（ます形），冷やして（て形）＋あります
- ◎ 飲みます（ます形），飲んで（て形）＋もいいです
- ◎ 可能覺得冰過比較好喝所以拿到冰箱冰，是有目的的，
  → 適合用「他動詞て形＋あります」

❹ 旅行のまえにお金を換えておきます。（旅遊前事先兌換錢幣。）

「動詞て形＋おきます」的三種用法：

[動詞－て形]	おきます	＜事前準備＞
文型整理		＜善後措施＞
		＜善後擱置＞

表示：事前準備

● 会議のまえに資料をコピーしておきます。（會議之前先把資料影印好。）
◎ コピーします（ます形），コピーして（て形）＋おきます

表示：善後措施

● 食事が終わったら、お皿を洗っておきます。（用餐後，清洗盤子。）
◎ 洗います（ます形），洗って（て形）＋おきます

表示：善後擱置

例如，目前有一台電視開著，然後A跟B對話：

● A：テレビを消しましょうか。（要不要幫你把電視關掉？）

　B：つけておいてください、ドラマが始まりますから。
　　　（請讓它開著就好，因為連續劇就要開始了。）

◎ つけます（ます形），つけて（て形）＋おきます
◎ つけておきます（ます形）
　 つけておいて（て形）＋ください

比較：「善後措施」和「善後擱置」

● 善後措施：是為了善後，而做一個動作
● 善後擱置：是為了善後，不做任何動作保持原狀就好的

❶ 寒(さむ)いし、雨(あめ)も降(ふ)っているし、出前(でまえ)を頼(たの)みましょう。
（又冷又正下著雨，所以（我們）叫外送吧。）

寒い 降ります 頼みます

解説

● 「出前(でまえ)」＝「外送」。「頼(たの)みましょう」＝「拜託～吧」。
● 寒いです（丁寧形），寒い（普通形）＋し
● 降っています（丁寧形），降っている（普通形）＋し
● 用這句話來列舉理由：
　 因為很冷〔理由1〕，又下雨〔理由2〕，〔所以〕叫外送吧

文型整理

| A [普通形（だ・だ）] | な形容詞 名詞 | し、 | B [普通形（だ・だ）] | な形容詞 名詞 | し、 | C 。 |

＜列舉理由＞ 又A又B，所以C
＜列舉評價＞ 又A又B，而且C

※如果是「名詞」、「な形容詞」的「現在肯定形普通形」，需要有「だ」再接續。

列舉理由：又A又B，所以C

● 夜(よる)も遅(おそ)いし、眠(ねむ)いし、先(さき)に帰(かえ)ります。
　 （夜也深了，又想睡，所以（我）要先回去了。）
◎ 遅い（い形容詞普通形）＋し
◎ 眠い（い形容詞普通形）＋し

列舉評價：又A又B，而且C

● この店(みせ)は、雰囲気(ふんいき)もいいし、味(あじ)もいいし、値段(ねだん)も安(やす)いです。
　 （這家店氣氛也好，味道也好，而且價錢也便宜。）
◎ いい（い形容詞普通形）＋し

❷ 友達がいなくて、寂しいです。（因為沒有朋友，所以很寂寞。）

友達が ｜いなくて｜、 ｜寂しいです｜。

｜沒有｜ 朋友 ｜很寂寞｜。 ｜いますｌ

解說

●「いなくて」的變化過程：

原本是：います（現在肯定形），いません（現在否定形）

いない（現在否定形普通形）

いなくて（現在否定形普通形的て形）（ない形的て形）

文型整理

A ＜原因・理由＞
［動詞－て形］
［い形容詞－くて］
［な形容詞－で］
［名詞－で］
［否定形－なくて］

因為A所以B

B ＜結果＞ 。

【注意】此處不能是：
● 意志・指示・要求・希望 等內容
● 也不能是：命令形、禁止形

要注意後句的限制

●用「～て（で）」（て形）表示「原因・理由」時：

→ 後句不能是 ｜意志・指示・要求・希望｜，也不能是 ｜命令形・禁止形｜

（×）値段が高くて、買いません。

後句「買いません」（不買）是 ｜意志的表明｜ → 不能用て形

（○）値段が高くて、買えません。（因為價格很貴，所以無法買。）

後句「買えません」（無法買）是 ｜狀態｜ → 可以用て形

◎ 高い（普通形），高くて（て形）

例文

●手紙をもらって、嬉しかったです。（收到信了，好開心。）

◎ もらいます（ます形），もらって（て形）。

◎ 後句：嬉しかったです（很高興）是情感的反應，跟「意志・指示・要求・希望」無關，可以用「て形」來表示「原因・理由」。

❸ 風邪をひいたので、明日は休みます。
（因為感冒了，所以明天要請假。）

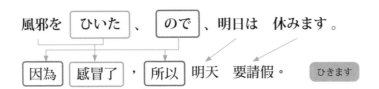

風邪を ひいた 、 ので 、明日は 休みます。

因為 感冒了 ，所以 明天 要請假。　ひきます

 解說

●原本是「風邪をひきます」（感冒）
　「過去肯定形普通形」是「風邪をひいた」（た形）
●「風邪をひいたので」表示「原因、理由」；「明日は休みます」表示「結果」。

文型整理

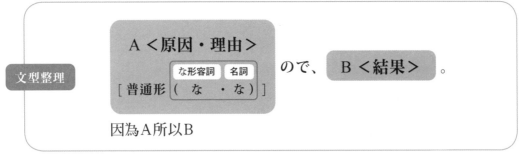

A＜原因・理由＞
[普通形（ な ・ な ）] ［な形容詞 名詞］ ので、 B＜結果＞ 。

因為A所以B

※如果是「名詞」、「な形容詞」的「現在肯定形普通形」，需要有「な」再接續。

區別：「～て（で）」、「ので」、「から」的後句限制

	後句的限制	其他注意點
～て （～で）	×：値段が高くて、買いません。 後句不能是「意志・指示・要求・希望」等內容 ×：もう遅くて、静かにしろ。 後句不能是「命令形、禁止形」 します（ます形），しろ（命令形）	

～ので	○：値段が高いので、買いません。 （因為價格很貴，所以不買。） 後句可以是「意志・指示・要求・希望」等內容 ×：もう遅いので、静かにしろ。 後句不能是「命令形、禁止形」 ※因為「ので」給人的語感是鄭重，所以不適合搭配「命令形・禁止形」。	整體而言 是很鄭重 的說法
～から	○：値段が高いから、買いません。 （因為價格很貴，所以不買。） 後句可以是「意志・指示・要求・希望」等內容 ○：もう遅いから、静かにしろ。 （因為很晚了，所以安靜點。） 後句可以是「命令形、禁止形」 ※「から」的前面可以接續「普通形・丁寧形」 「普通形」接「から」是「坦白」的語感 「丁寧形」接「から」是「鄭重」的語感	強調 原因・理由

例文

● バスが来なかったので、学校に遅刻しました。
（因為公車沒來，所以上學遲到了。）
◎ 原本是「来ます」（來）
「過去否定形普通形」是「来なかった」（ない形的た形）
◎ 遅刻します（ます形），遅刻しました（ます形的過去形ました）

❶ 東京で部屋を借りるのに 7 万円は必要です。
（在東京租屋，至少需要7萬日幣。）

解說

● 主題句的「の」是形式名詞（因為動詞不能直接接續助詞，所以動詞後面放入形式名詞，再接續助詞）。

●「に」是助詞，表示「目的、方面、用途」。

●〔初級本12課〕也曾學過「表示目的」的「に」：
　フランスへ絵を習いに行きます。（要去法國學畫畫。）

●「7万円は」的「は」：量詞後面的「は」表示「至少」。所以後句的意思是：
　至少需要7萬日圓。

文型整理

A ＜目的・方面＞

[普通形　な形容詞（な）　名詞] の に＿＿＿＿。＜目的・方面的說法＞

※如果是「な形容詞」的「現在肯定形普通形」，需要有「な」再接續。

「～のに～」有兩種用法

「～のに～」有兩種用法與意思，要從接續或句意上做區別：

● 表示：目的・方面 （上述的用法）

例）このペンは授業に使います。（這支筆用於上課。）
◎ 因為「授業」是「名詞」，所以直接接「に」就可以。

● 「のに」作為「助詞」，表示逆接 ：～、卻～

例）2時間待ったのに友達は来ませんでした。（等了2小時，朋友卻沒來。）
◎ 原本是「待ちます」（等），「過去肯定形普通形」是「待った」（た形）

041

[普通形 $\begin{pmatrix} \text{な形容詞} & \text{名詞} \\ \text{な} & \text{・} & \text{な} \end{pmatrix}$] のに　　〜、卻〜

※後句會帶有驚訝、或是意外的感覺

※如果是「名詞」、「な形容詞」的「現在肯定形普通形」，需要有「な」再接續。

例文

●チケットを買うのに2時間も並びました。

　（為了買票，竟然排隊排了兩個小時。）

◎這個「のに」表示「目的・方面」。

◎原本是「買います」（買），「普通形」是「買う」（＝辭書形）

◎「も」＝「竟然」。

◎並びます（ます形），並びました（ます形的過去形）

❷ チケットを買_かうために 3 時間_{さんじかん}も 並_{なら}びました。
（為了要買票，竟然排了 3 個鐘頭。）

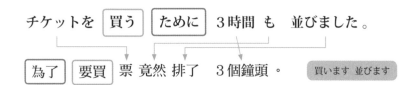

チケットを ｜買う｜ ｜ために｜ 3時間 も 並びました 。

｜為了｜ ｜要買｜ 票 竟然 排了 3個鐘頭 。　買います 並びます

| 表示「目的」的另一個說法：ために |

| 文型整理 |

A ＜目的＞
[意志動詞－辭書形]　ために　B：達成A的動作 。
[名詞] の

為了A，～。

● 「ために」也可以換成「のに」，但如果要強調「為了～」，要用「ために」。
● 如果是名詞：名詞＋の＋ために。例如：
　母_{はは}のために（為了媽媽）、友達_{ともだち}のために（為了朋友）…等等。

| 「意志動詞」和「非意志動詞」 |

動詞有「意志動詞」和「非意志動詞」的區別：
● ｜意志動詞｜：以自己的意志決定的動作。例如：
　買_かう（買）、入_いれる（放入）、食_たべる（吃）、留学_{りゅうがく}する（留學）…
● ｜非意志動詞｜：非自己意志能夠決定的動作。例如：
　降_ふる（下（雨））、見_みえる（看得到）、聞_きこえる（聽得到）…

| 例文 |

● 日本_{にほん}へ 留学_{りゅうがく}するために 毎日日本語_{まいにちにほんご}を 勉強_{べんきょう} しています。
　（為了去日本留學，每天都讀日語。）
◎ 留学します（留學）是「意志動詞」，「辭書形」是「留学する」。
● 妻_{つま}のために 一生懸命_{いっしょうけんめい}働_{はたら}いてお金_{かね}を稼_{かせ}ぎます。
　（為了妻子，（我）要拚命工作賺錢。）
◎ 「妻」（名詞）＋の＋ために
◎ 働きます（ます形，工作），働いて（て形）

❸ <ruby>早<rt>はや</rt></ruby>く<ruby>風邪<rt>かぜ</rt></ruby>が<ruby>治<rt>なお</rt></ruby>るように <ruby>薬<rt>くすり</rt></ruby>をたくさん<ruby>飲<rt>の</rt></ruby>みました。

（為了感冒早點痊癒，吃了很多藥。）

早く　風邪が　治る　ように　薬を　たくさん　飲みました。

為了　感冒　早點　痊癒　，吃了　很多　藥。　治ります 飲みます

文型整理

A ＜目的・希望的狀態＞
［非意志動詞－辭書形］
［動詞－ない形／可能形］
［知覺動詞（見える・聞こえる・わかる等）］
［他人的動作－辭書形］

ように

B：達成A的動作 。

為了A～、希望A～

解說

A 的部分可以是：

● 【非意志動詞】：非自己意志能夠決定的動作。例如主題句的「治る」（痊癒），讓身體的功能痊癒，非自己的意志能夠控制。

● 【動詞—可能形／ない形】：

可能形：是「狀態」，狀態與意志無關。

ない形（不會～）：當與自己的意志無關時，也可以用「ように」。

● 【知覺動詞】：例如，わかる（懂）、<ruby>見<rt>み</rt></ruby>える（看得到）、<ruby>聞<rt>き</rt></ruby>こえる（聽得到）。這些也與自己的意志無關。

※ 「わかる」感覺好像跟意志有關，但其實懂不懂跟意志無關。如果我之前有學過中文，那我就懂中文；如果之前沒學過就不懂，這屬於「狀態」不是意志。

● 【他人的動作】：他人的「意志」、「非意志」動作，都可以用「ように」。

例文

● <ruby>後<rt>うし</rt></ruby>ろまで<u>聞<ruby><rt>き</rt></ruby>こえる</u>ように<ruby>大<rt>おお</rt></ruby>きな<ruby>声<rt>こえ</rt></ruby>で<ruby>話<rt>はな</rt></ruby>してください。

（為了讓後面的人都能聽到，請大聲說話。）

◎ 聞こえます（聽得到）是「知覺動詞」，「辭書形」是「聞こえる」。

到底有什麼不同：考試常考的「～ために」和「～ように」

● 「～ために」前面的動詞： 可以 由自己決定而進行

● 「～ように」前面的動詞： 不能 由自己決定而進行

❶ 来年、結婚するかもしれません。（說不定明年會結婚。）
（らいねん）（けっこん）

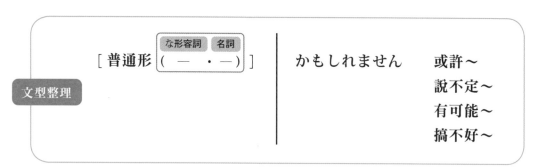

※「名詞」、「な形容詞」的「現在肯定形普通形」，直接接續「かもしれません」，不需要加「だ或な或の」。

解說

● 「かもしれません」＝「可能～、或許～」。可能的機率有 50 ％，明年可能會結婚，也可能不會。
● 口語的時候，常把「かもしれません」說成「かも」，「来年、結婚するかも」這樣子比較像是朋友之間聊天的口氣，主題句是比較正式的說法。

例文

● 明日、パーティーに出席できないかもしれません。
（あした）（しゅっせき）
　（有可能明天不能出席派對。）
◎ 出席します（ます形），出席できます（可能形）
◎ 出席できません（丁寧形—可能形否定形）
　出席できない　（普通形—可能形否定形）
● 4月はまだ寒いかもしれませんから、コートを持って行ったほうがいいですよ。（4月可能還很冷，把外套帶去比較好喔。）
（しがつ）（さむ）（も）（い）
◎ 寒いです（丁寧形），寒い（普通形）
◎ 「から」＝「因為」
◎ 持って行きます（ます形，帶去），持って行った（た形）
　[動詞－た形] ＋ほうがいいです：[做]～比較好（中級本18課）

❷ 明日は台風が来るでしょう。（明天颱風應該會來吧。）
あした　たいふう　く

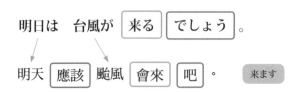

明日は　台風が　来る　でしょう　。

明天　應該　颱風　會來　吧　。　来ます

文型整理

［普通形（ な形容詞 名詞 ─ ・ ─ ）］ でしょう　＜推測＞應該〜吧

＜再確認・要求同意＞〜對不對？

＜鄭重的問法＞

※「名詞」、「な形容詞」的「現在肯定形普通形」，直接接續「でしょう」，不需要加「だ或な或の」。

解說

● 上一個單元的「かもしれません」機率只有 50 ％，現在學的「でしょう」機率有 80 ％以上。

● 如果有機會聽日本的天氣預報，常常會聽到「でしょう」。明天應該會下雨吧，明天應該颱風會來吧，明天應該會下雪吧，都是用「でしょう」。

「でしょう」的其他用法

● 推測 ：〜でしょう ↘ 語調下降

● 要求同意、再確認 ：〜でしょう ↗ 語調提高

● 鄭重的問法 ：〜でしょうか（加上疑問助詞：か）

適用於兩種情況：

(1) 詢問比較私人的問題，對方可能不願意回答時。例如問對方住哪裡。

(2) 所詢問的問題，不知道對方知不知道，希望對方知道的話告訴我，不知道的話也沒關係不用回答，類似這樣的感覺。

推測

● 一 生 懸 命 勉 強 していましたから、彼は合 格 できるでしょう。 語調下降

いっしょうけんめいべんきょう　　　　　　　　　　かれ　　ごうかく

（因為他拼命唸書，所以應該會考上吧。）

◎ 勉強します（ます形），勉強して（て形）

[動詞－て形] ＋いました：表示過去的狀態（中級本14課：て形用法）

◎ 合格します（ます形），合格できます（合格します的可能形）

「合格できます」的普通形是「合格できる」。

再確認

● 明日のパーティーに来るでしょう？　語調提高

あした　　　　　　　　　　く

（明天的派對（你）會來對不對？）

◎ 原本是「来ます」（來），「普通形」是「来る」。

要求同意

● このラーメン、おいしいでしょう？　語調提高

（這個拉麵很好吃對吧？）

◎ おいしいです（丁寧形），おいしい（普通形）。

鄭重的問法

● この掃 除 機、まだ使えるでしょうか。

そうじき　　　　　つか

（這台吸塵器還可以使用嗎？）

◎ 使います（ます形），使えます（使います的可能形）

使えます的「普通形」是「使える」。

語感差異的說明

● 上面的例文：この掃除機、まだ使えるでしょうか。問話的對象是一般人，並非專門的維修人員。因為對方並非專家，但感覺對方好像精通機器，才會請問一下，所以要用「鄭重的問法」。

● 如果是面對專業的維修人員，就直接問：この掃除機、まだ使えますか。（這台吸塵器還可以使用嗎？）用明確的的語氣問，表示希望對方也明確回答的意思。

❸ 旅行に行くと言っていましたから、彼は家にいないはずです。
（因為有說過要去旅遊，所以他應該是不在家。）

行きます 言います います

文型整理　　　［普通形（ な形容詞 名詞 （ な ・ の ）]　　はずです　　　　（照理說）應該〜

　　　　　　　　　　　　　　　　　　　　　　　　　　　　はずがありません　不可能〜

※如果是「な形容詞」的「現在肯定形普通形」，需要有「な」再接續。
※如果是「名詞」的「現在肯定形普通形」，需要有「の」再接續。

解說

● 原本是「行きます」（去），「普通形」是「行く」。
● 「と言っていました」表示「傳達消息」。
● 「はずです」＝「（照理說）應該〜」，是推測的說法。
● 「はずがありません」（否定形）＝「不可能〜」，也是推測的說法。

「はずです」和「でしょう」的差異

● 「はずです」跟「でしょう」的意思差不多，主題句如果說成「旅行に行くと言っていましたから、彼は家にいないでしょう。」也可以，兩者的差別在於：

〜でしょう：根據「客觀的狀況」去推測

〜はずです：根據「知識・經驗・事實」去推測；是個人的推斷，結果可以與現有的事實不一樣。

例文

● さっき電話がありましたから、彼は遅れて来るはずです。
（因為剛有打電話過來，所以他應該會晚來。）
◎ 「から」＝「因為」。遅れます（ます形，遲到），遅れて（て形，表示樣態）。
◎ 原本是「来ます」（來），「普通形」是「来る」。

● あのやさしい鈴木さんが悪いことをするはずがありません。
（那個溫柔的鈴木先生應該不可能做壞事吧。）《不可能〜的說法》
◎ 原本是「します」（做），「普通形」是「する」
　→ する＋はずがありません＝「不可能做〜」。

❶ 今年は暑くなるそうです。（聽說今年會變熱。）

解說

● 暑くなる是暑いです的變化＝「變熱」。
● 暑い（去掉い）＋くなります→暑くなります（變熱，中級本16課）
● 暑くなります（丁寧形），暑くなる（普通形）。
● 「そうです」＝「聽說〜」。把聽到的消息告訴別人，可以用「〜そうです」。

文型整理

[普通形（な形容詞・名詞（だ・だ））]　そうです　　聽說〜、據說〜

※ 如果是「名詞」、「な形容詞」的「現在肯定形普通形」，需要有「だ」再接續。
※「そうです」前面的「普通形」是「（要轉達給對方的）新消息」。

消息來源＋によると

● 天気予報によると〜／天気予報によれば〜（根據天氣預報）
● ニュースによると〜／ニュースによれば〜（根據新聞）
● 友達の話によると〜／友達の話によれば〜（根據朋友說的話）

例文

● 新聞によると、今年の桜は咲くのが遅いそうです。
　（根據報紙，聽說今年櫻花會開得晚。）
◎ 消息來源：新聞＋によると　◎ 新消息：今年の桜は咲くのが遅い
◎ 遅いです（丁寧形），遅い（普通形）＋そうです

● ニュースによれば、火事の原因はタバコの火だったそうです。
　（根據新聞，聽說火災的原因是香菸的火。）
◎ 消息來源：ニュース＋によれば　◎ 新消息：火事の原因はタバコの火だった
◎ タバコの火でした（丁寧形－過去肯定形）
　タバコの火だった（普通形－過去肯定形）＋そうです

推斷說法

❷ 今年は暑くなりそうです。（今年（看起來）好像會變熱。）
（ことし　あつ）

今年は　暑く　なり　そうです　。

今年　（看起來）好像　會變　熱。　なります

解説

● 跟上一個單元一樣是「そうです」，但是接續方式不同。

文型整理

［動詞－ます形］ ※【注意】 ［い形容詞－い］ ［な形容詞－な］	そうです
［否定：動詞－ます形］	そう[に／も／にも]ありません
［否定：動詞以外－ない］	さ そうです （看起來、直覺地）好像～

※「名詞肯定形」不適用此文型
※注意「いい」（好）和「ない」（沒有）這兩個「い形容詞」：

「いい」⇒「よい」　さ そうです
「ない」⇒「ない」

● 「いい」的推斷表現用同義字「よい」→「よい」（去掉い）＋さ＋そうです
● 「ない」的推斷表現 →「ない」（去掉い）＋さ＋そうです

舉例說明

〔い形容詞〕おいしい＋そうです → おいしそうです（好像很好吃）

〔な形容詞〕元気な＋そうです → 元気そうです（好像精神很好）
（げんき）　　　　　　　　　（げんき）

〔否定：動詞－ます形〕雨は降りそうにもありません（好像不會下雨。）
（あめ　ふ）

〔否定：動詞以外－ない〕
　　　おいしくない－おいしくなさそうです（好像不好吃）
　　　学生じゃない－学生じゃなさそうです（好像不是學生）
　　（がくせい）　　　（がくせい）

〔い形容詞－ない〕お金がなさそうです。（（那個人）好像沒有錢。）
（かね）

〔い形容詞－いい〕頭がよさそうです。（（那個人）看起來頭腦很好的樣子。）
（あたま）

❸ 昨日の夜、雪が降ったようです。（昨天晚上好像有下雪。）
きのう よる ゆき ふ

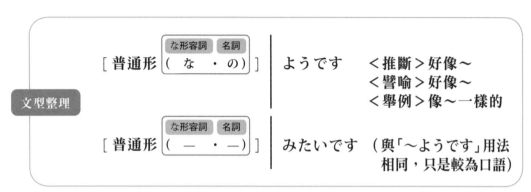

●～ようです
※如果是「な形容詞」的「現在肯定形普通形」，需要有「な」再接續「ようです」。
※如果是「名詞」的「現在肯定形普通形」，需要有「の」再接續「ようです」。
●～みたいです
※「名詞」、「な形容詞」的「現在肯定形普通形」，直接接續「みたいです」，不需要加「だ 或 な 或 の」。

比較：「そうです」和「ようです」

そうです：有一點視覺性的，看起來就覺得好像～，或是直覺覺得好像～。

ようです：可以是視覺或嗅覺的，但是是有經過一段思考後才這樣說的。

例文：

主題句是＜推斷＞的說法，再舉例＜譬喻＞和＜舉例＞的說法。
●今日は夏のような天気です。（今天好像是夏天的天氣一樣。）＜譬喻很熱＞
きょう なつ てんき
◎夏（名詞）＋の＋ようです
なつ
◎「ようです」接續時視為「な形容詞」，所以：よう̶で̶す＋な＋天気（名詞）
● 私 もあなたが持っているようなかばんが欲しいです。
わたし も ほ
（我也想要有像你目前持有的那樣的包包。）＜舉例：像～一樣的＞
◎原本是「持っています」，「普通形」是「持っている」。
◎よう̶で̶す＋な＋かばん（名詞）

❹ 日本の忍者や芸者は、外国人に人気があるらしいです。
（日本的忍者和藝伎，好像很受外國人的歡迎。）

日本の 忍者や 芸者は、外国人に [人気が ある] [らしいです]。

日本的 忍者 和 藝伎 [好像] 很受 外國人的 [歡迎]。

あります

文型整理

※
[普通形 ([な形容詞] ・ [名詞] —)] ｜ らしいです （聽說）好像～

【注意】「名詞＋らしいです」看起來一樣，但意思完全不同：

[名詞] ｜ らしいです 有～的風格

※「名詞」、「な形容詞」的「現在肯定形普通形」，直接接續「らしいです」，不需要加「だ 或 な 或 の」。

解說

●原本是「あります」，「普通形」是「ある」＋らしいです。

比較：「ようです」和「らしいです」

[ようです]：經由自己的五感及思考後推斷的結論。口語說法：みたいです。

[らしいです]：聽到外來的消息後，自己判斷後所得的「好像～」。很適合用來講八卦這樣的外來的有的沒有的不確定的傳聞。

「らしいです」的其他用法

●名詞＋らしいです＝「有～的風格」（例）男らしいです。（很有男人味。）

例文

●あの芸能人は、そろそろ離婚するらしいですよ。
（聽說那個藝人好像差不多要離婚囉。）＜（聽說）好像～的用法＞
◎「そろそろ」＝「差不多快要～」。
◎原本是「離婚します」，「普通形」是「離婚する」。

●彼は勇気があって、とても男らしい人です。
（他有勇氣，而且是個非常有男人味的人。）＜有～風格的用法＞
◎あります（ます形），あって（て形）。「て形」表示「～，而且～」（中級本15課）
◎「らしい」接續時視為「い形容詞」，所以：らしい＋人（名詞）。

❶ 部<ruby>長<rt>ちょう</rt></ruby>は英<ruby>語<rt>えいご</rt></ruby>の新<ruby>聞<rt>しんぶん</rt></ruby>を読<ruby><rt>よ</rt></ruby>まれます。（部長會看英文報紙。）

「尊敬表現」的六種型態

● 下方將以「読<ruby><rt>よ</rt></ruby>みます」（閱讀）為例說明：

（1）使用尊敬形

例）部<ruby>長<rt>ちょう</rt></ruby>は英<ruby>語<rt>えいご</rt></ruby>の新<ruby>聞<rt>しんぶん</rt></ruby>を読<ruby><rt>よ</rt></ruby>まれます。（部長會看英文報紙。）

◎ 読まれます（受身形）＝（尊敬形）

（2）お＋［動詞－ます形］＋になります

例）部<ruby>長<rt>ちょう</rt></ruby>は英<ruby>語<rt>えいご</rt></ruby>の新<ruby>聞<rt>しんぶん</rt></ruby>をお読<ruby><rt>よ</rt></ruby>みになります。（部長會看英文報紙。）

◎ お ＋ 読み~~ます~~ ＋ になります

（3）使用尊敬語

例）部<ruby>長<rt>ちょう</rt></ruby>は英<ruby>語<rt>えいご</rt></ruby>の新<ruby>聞<rt>しんぶん</rt></ruby>をご<ruby>覧<rt>らん</rt></ruby>になります。（部長會看英文報紙。）

◎「ご覧になります」是「読みます」的「尊敬語」

（4）お＋［動詞－ます形］＋です（只限於表示「目前狀態」）

例）部<ruby>長<rt>ちょう</rt></ruby>は今<ruby><rt>いま</rt></ruby>、新<ruby>聞<rt>しんぶん</rt></ruby>をお読<ruby><rt>よ</rt></ruby>みです。（部長現在正在看報紙。）

◎ 読みます（ます形），お ＋ 読み~~ます~~ ＋です

（5）お＋［動詞－ます形］＋ください（要求的說法）

例）説<ruby>明書<rt>せつめいしょ</rt></ruby>をお読<ruby><rt>よ</rt></ruby>みください。（請閱讀說明書。）

◎ 読みます（ます形），お ＋ 読み~~ます~~ ＋ ください

（6）［尊敬語的て形／お［動詞－ます形］になって］＋ください（要求的說法）

例）説<ruby>明書<rt>せつめいしょ</rt></ruby>をご<ruby>覧<rt>らん</rt></ruby>になってください。（請閱讀說明書。）

◎ ご覧になります 是「尊敬語」

◎ ご覧になって（て形）＋ください

例）説<ruby>明書<rt>せつめいしょ</rt></ruby>をお読<ruby><rt>よ</rt></ruby>みになってください。（請閱讀說明書。）

◎ お読みになります（ます形）

◎ お読みになって（て形）＋ください

❷ コーヒーをお入れします。（（我）泡咖啡（給您）。）

```
コーヒーを  お  入れ  します 。
              └──┬──┘
（我）  泡  咖啡  （給您）。          入れます
```

「謙讓表現」的兩種型態

● （1）鄭重謙讓表現：適用於「是自己的動作，不會涉及到對話的另一方」。

① 使用：使役て形

　使役て形 ＋ いただきます

例）それでは、先に帰らせていただきます。（那麼，（我）要先回去了。）

◎ 帰らせて（使役て形）＋ いただきます

　使役て形 ＋ いただけませんか／いただきたいんですが

例）調子が悪いので、早く帰らせていただけませんか。

　　　　＝早く帰らせていただきたいんですが。

（因為身體不舒服，能不能請你讓我早點回去？）

② 使用：鄭重謙讓語

例）昼はラーメンをいただきました。（（我）中午吃了拉麵。）

◎「いただきます」是「食べます」的「謙讓語」

● （2）謙遜謙讓表現：適用於「自己的動作會涉及到對話的另一方」。

① お ＋ [動詞－ます形] ＋ します

例）コーヒーをお入れします。（（我）泡咖啡（給您）。）

◎ 入れます（ます形），お ＋ 入れます ＋ します

② 使用：謙遜謙讓語

例）明日、先生の研究室に伺ってもいいですか。

（明天可以去老師的研究室嗎？）

◎「伺います」是「相手の所へ行きます」的「謙讓語」

◎ 伺って（て形）＋ も ＋ いいですか：可以 [做] 〜嗎（中級本14課）

❸ 私は課長を駅まで送ってさしあげました。（我送課長到車站。）

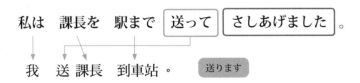

私は　課長を　駅まで　[送って]　[さしあげました]　。
我　送　課長　到車站。　　送ります

這個單元要學的是：授受動詞的敬語表現。

● 〜てあげる ：【施惠者】為【受惠者】[做] 〜

● 謙讓表現 ：〜てさしあげます
　私は部長に料理を作ってさしあげました。（我為部長做菜。）

● 丁寧體 ：〜てあげます
　私は友達に料理を作ってあげました。（我為朋友做菜。）

● 尊大表現 ：〜てやります
　私は子供に料理を作ってやりました。（我為小孩做菜。）

● 〜てもらう ：【受惠者】請【施惠者】（為受惠者）[做] 〜

● 謙讓表現 ：〜ていただきます
　私は部長に料理を作っていただきました。（我請部長為我做菜。）

● 丁寧體 ：〜てもらいます
　私は友達に料理を作ってもらいました。（我請朋友為我做菜。）

● 〜てくれる ：【施惠者】為【受惠者】（我或我的自己人）[做] 〜

● 尊敬表現 ：〜てくださいます
　部長は私に料理を作ってくださいました。（部長為我做菜。）

● 丁寧體 ：〜てくれます
　友達は私に料理を作ってくれました。（朋友為我做菜。）

重要表達練習題—— 引述表現、「～んです」的用法、名詞接續、形式名詞

引述表現：

1. （我）覺得日本的物價很高。　第26課
2. （我）覺得這裡交通不便。　第26課
3. （我）認為激烈運動對身體　第26課
   不好。
4. （我）猜想他已經回去了。　第26課
5. 老師說下星期要考試。　　　第26課
6. 部長說明天要開會。　　　　第26課
7. 「暫停」就是停止一次的意　第26課
   思。
8. 這個標示是用手洗的意思。　第26課

「～んです」的用法：

1. （你）要去哪裡？　　　　　第27課
2. （你）怎麼了？　　　　　　第27課
3. 因為從早開始肚子就不舒服。第27課
4. 因為沒有趕上公車。　　　　第27課
5. 真是辛苦啊！　　　　　　　第27課
6. 奈良歷史非常長久耶。　　　第27課
7. 房間裡面沒有毛巾，能不能　第27課
   請你拿過來一下？
8. 今天身體不舒服，可以早一　第27課
   點回去嗎？

名詞接續：

1. 這是在京都拍的照片。　　　第28課
2. 這是日本境內沒有販賣的玩　第28課
   具。
3. 這裡是日本境內人口最多的　第28課
   城市。
4. 這裡是這個城市中最熱鬧的　第28課
   地方。
5. 這裡是我經常去的美容院。　第28課
6. 要去員工旅行的人是誰？　　第28課
7. 是那個戴著眼鏡的人唷。　　第28課
8. 我認識的人大約是一半吧。　第28課

形式名詞：

1. 我想要的是這支白色手機。　第28課
2. 目前還沒結婚的是誰？　　　第28課
3. 我喜歡看電影。　　　　　　第28課
4. 早上散步很舒服。　　　　　第28課
5. 日本人走路非常快耶。　　　第28課
6. 吃飯也非常快唷。　　　　　第28課
7. 這台電腦會突然停機。　　　第28課
8. 我曾經爬過富士山。　　　　第28課

重要表達練習題── 疑問節、時點表現、授予動作好處、接受動作好處

疑問節：

1. （我）不知道太郎什麼時候來。 第28課
2. 什麼時候要去日本旅行，（我）還不知道。 第28課
3. （你）知道明年聖誕節是星期幾嗎？ 第28課
4. 我還不知道會不會結婚。 第28課
5. 請查詢幾點會抵達。 第28課

時點表現：

〈～時〉

1. 去法國時，（我）要買包包。 第29課
2. 閒暇時，總是做什麼呢？ 第29課

〈～場合〉

3. 地震時，請不要離開房間。 第29課
4. 如果是小朋友，可以半價使用。 第29課

〈～ばかりです〉

5. 最近剛剛發生大地震。 第29課
6. 他是今年剛進公司的新人。 第29課

〈辭書形／ている／た形＋ところです〉

7. （我）現在正要出門。 第29課
8. （我）現在正在找。 第29課
9. 剛才，才剛剛發車了。 第29課

授予動作好處：

1. （我）教朋友中文。 第30課
2. （我）幫朋友拿行李。 第30課
3. （我）送王先生到車站。 第30課
4. （我）想為他們介紹日本文化。 第30課
5. （我）帶他們去淺草寺吧。 第30課
6. （我）唸書給小孩聽。 第30課
7. （我）想幫女兒買漂亮的衣服。 第30課

接受動作好處：

1. 我請田中小姐教我日文。 第30課
2. 不好意思，可以請你幫我拿行李嗎？ 第30課
3. 我請陳小姐給我看她在日本旅遊時的照片。 第30課
4. 可以請你再為我等候3天嗎？ 第30課
5. 小王買了很多名產給我。 第30課
6. 女朋友幫我做菜。 第30課
7. 男朋友總是幫我拿包包。 第30課

重要表達練習題—— 自動詞‧他動詞、準備‧善後、理由表現、目的表現

自動詞‧他動詞：

〈自動詞〉

1. 鈕扣鬆開了唷！　　　　　第31課
2. 目前房間的電燈沒有開。　第31課
3. 那個…湯裡面有頭髮…。　第31課
4. 臉頰上黏著飯粒唷。　　　第31課

〈他動詞〉

5. 房間有貼好海報。　　　　第31課
6. 飲料已經買好了嗎？　　　第31課
7. 冰箱裡有冰著啤酒。　　　第31課

準備‧善後：

〈～ておきます〉

1. 旅行前要事先兌換錢幣。　第31課
2. 會議前要先把資料影印好。第31課
3. 朋友來之前要先打掃房間。第31課
4. 已經事先放入冰箱了。　　第31課
5. 用餐後要清洗盤子。　　　第31課
6. 已經冰鎮了啤酒。　　　　第31課
7. 放回原本的地方吧。　　　第31課
8. 請維持原樣放著。　　　　第31課

理由表現：

〈～し、～し～〉

1. 又冷又正在下著雨，（我們）第32課
   叫外送吧。
2. 夜深了、又想睡，（我）要　第32課
   先回去了。

〈～て、～〉

3. 因為沒有接電話，所以很擔心。第32課
4. 因為沒有朋友，所以很寂寞。第32課

〈～ので、～〉

5. 因為感冒了，所以明天要請假。第32課
6. 因為今天有事，所以要先走。第32課

目的表現：

〈～のに、～〉

1. 在東京租屋，至少需要７萬　第33課
   日圓。
2. 為了買票，竟然排隊排了兩　第33課
   小時。

〈～ために、～〉

3. 為了要做蛋糕，必須去買材料。第33課
4. 為了買福袋而在排隊。　　　第33課

〈～ように、～〉

5. 為了傷口早點痊癒而擦藥。　第33課
6. 希望工作順利進行而祈求。　第33課

重要表達練習題── 推測表現、敬語表現、傳聞・推斷表現

推測表現：

〈かもしれません〉

1. 說不定會調職去國外。　　　第34課
2. 說不定明年會結婚。　　　　第34課

〈～でしょう〉

3. 明天颱風應該會來吧。　　　第34課
4. 應該經過一段時間就會忘記　第34課
   了吧。

〈～はずです〉

5. 照理他應該不在家。　　　　第34課
6. 照理應該一年能夠回來兩次。第34課

敬語表現：

〈尊敬表現〉

1. 部長下午2點會抵達機場。　第36課
2. 社長週末會去打高爾夫球。　第36課

〈謙讓表現〉

3. 明天能否請您讓我請假？　　第36課
4. 要不要我為您叫計程車？　　第36課

〈動作好處授受的敬語表現〉

5. 我送課長到車站。　　　　　第36課
6. 我請老師教我日語的各種表　第36課
   達。
7. 社長的妻子教我茶道。　　　第36課

傳聞・推斷表現：

〈傳聞：～そうです〉

1. 聽說今年會變熱。　　　　　第35課
2. 聽說颱風會通過日本。　　　第35課
3. 聽說昨天仙台發生地震。　　第35課
4. 聽說今年櫻花開花會開得晚。第35課

〈推斷：そうです〉

5. 好像馬上要下雨了。　　　　第35課
6. 看起來好像沒精神耶。　　　第35課
7. 這道菜看起來好像很好吃。　第35課
8. 感覺（他）在公司會出人頭　第35課
   地耶。
9. 不知道怎麼了，看起來很開　第35課
   心的樣子。

〈推斷、譬喻、舉例：～ようです〉

10. 好像有什麼好事發生了。　　第35課
11. 這個房間裡好像有人。　　　第35課
12. 好像掉在哪裡了。　　　　　第35課
13. 今天好像是夏天一樣的天氣。第35課
14. 想要有像你目前拿的那樣的　第35課
    包包。

〈（聽說）好像：～らしいです〉

15. 颱風好像已經通過了。　　　第35課
16. 聽說那個藝人好像有私生子。第35課

重要表達練習題 ― 解答

引述表現：

1. 日本は物価が高いと思います。
2. ここは交通が不便だと思います。
3. 激しい運動は体によくないと思います。
4. 彼はもう帰ったと思います。
5. 先生は来週テストをすると言っていました。
6. 部長は明日会議を開くと言っていました。
7. 一時停止は一回止まれという意味です。
8. このマークは手で洗えという意味です。

「～んです」的用法：

1. どこへ行くんですか。
2. どうしたんですか。
3. 朝からおなかの調子が悪いんです。
4. バスに間に合わなかったんです。
5. 大変だったんですね。
6. 奈良は歴史がとても長いんですね。
7. 部屋にタオルがないんですが、ちょっと持って来ていただけませんか。
8. 今日は体の調子が悪いんですが、早く帰ってもいいですか。

名詞接續：

1. これは京都で撮った写真です。
2. これは日本で売っていない玩具です。
3. ここは日本で一番人口が多い街です。
4. ここはこの町で一番にぎやかな所です。
5. ここは私がよく行く美容院です。
6. 社員旅行に行く人は誰ですか。
7. あの眼鏡をかけている人ですよ。
8. 私が知っている人は半分くらいですね。

形式名詞：

1. 私が欲しいのはこの白い携帯電話です。
2. まだ結婚していないのは誰ですか。
3. 私は映画を見るのが好きです。
4. 朝散歩するのは気持ちがいいです。
5. 日本人は歩くのがとても速いですね。
6. ご飯を食べるのもとても速いですよ。
7. このパソコンは突然止まることがあります。
8. 私は富士山に登ったことがあります。

重要表達練習題 — 解答

疑問節：

1. 太郎さんがいつ来るか知りません。
2. いつ日本へ旅行に行くか、まだわかりません。
3. 来年のクリスマスは何曜日かわかりますか。
4. 結婚するかどうかまだわかりません。
5. 何時に到着するか調べてください。

時點表現：

〈～時〉

1. フランスへ行く時、かばんを買います。
2. 暇な時、いつも何をしていますか。

〈～場合〉

3. 地震の場合は、部屋から出ないでください。
4. 子供の場合は、半額で利用できます。

〈～ばかりです〉

5. 最近大きな地震があったばかりです。
6. 彼は今年入社したばかりの新人です。

〈辞書形／ている／た形＋ところです〉

7. これから出かけるところです。
8. 今、探しているところです。
9. たった今、発車したところです。

授予動作好處：

1. 友達に中国語を教えてあげました。
2. 友達の荷物を持ってあげました。
3. 王さんを駅まで送ってあげました。
4. 日本の文化を紹介してあげたいです。
5. 浅草寺へ連れて行ってあげましょうよ。
6. 子供に本を読んでやりました。
7. 娘にきれいな服を買ってやりたいです。

接受動作好處：

1. 私は田中さんに日本語を教えてもらいました。
2. すみませんが、荷物を持ってもらえますか。
3. 陳さんに日本旅行の時の写真を見せてもらいました。
4. あと3日待ってもらえませんか。
5. 王くんはたくさんお土産を買ってくれました。
6. 彼女は私に料理を作ってくれました。
7. 彼はいつも私のかばんを持ってくれます。

重要表達練習題 — 解答

自動詞・他動詞：

〈自動詞〉

1. ボタンが外れ（はず）ていますよ。
2. 部屋の電気（へや でんき）がついていません。
3. あの…、スープに髪の毛（かみ け）が入（はい）っているんですが…。
4. 頬（ほほ）にご飯粒（はんつぶ）がついていますよ。

〈他動詞〉

5. 部屋（へや）にポスターが貼（は）ってあります。
6. もう飲（の）み物（もの）は買（か）ってありますか。
7. 冷蔵庫（れいぞうこ）にビールが冷（ひ）やしてあります。

準備・善後：

〈～ておきます〉

1. 旅行（りょこう）のまえにお金（かね）を換（か）えておきます。
2. 会議（かいぎ）のまえに資料（しりょう）をコピーしておきます。
3. 友達（ともだち）が来（く）るまえに部屋（へや）を掃除（そうじ）しておきます。
4. 冷蔵庫（れいぞうこ）に入（い）れておきました。
5. 食事（しょくじ）が終（お）わったら、お皿（さら）を洗（あら）っておきます。
6. ビールを冷（ひ）やしておきました。
7. 元（もと）の所（ところ）へ戻（もど）しておきましょう。
8. そのままにしておいてください。

理由表現：

〈～し、～し～〉

1. 寒（さむ）いし、雨（あめ）も降（ふ）っているし、出前（でまえ）を頼（たの）みましょう。
2. 夜（よる）も遅（おそ）いし、眠（ねむ）いし、先（さき）に帰（かえ）ります。

〈～て、～〉

3. 電話（でんわ）に出（で）なくて、心配（しんぱい）です。
4. 友達（ともだち）がいなくて、寂（さび）しいです。

〈～ので、～〉

5. 風邪（かぜ）をひいたので、明日（あした）は休（やす）みます。
6. 今日（きょう）は用事（ようじ）があるので、先（さき）に帰（かえ）ります。

目的表現：

〈～のに、～〉

1. 東京（とうきょう）で部屋（へや）を借（か）りるのに7万円（ななまんえん）は必要（ひつよう）です。
2. チケットを買（か）うのに2時間（にじかん）も並（なら）びました。

〈～ために、～〉

3. ケーキを作（つく）るために材料（ざいりょう）を買（か）いに行（い）かなければなりません。
4. 福袋（ふくぶくろ）を買（か）うために並（なら）んでいます。

〈～ように、～〉

5. 早（はや）く傷（きず）が治（なお）るように薬（くすり）を塗（ぬ）ります。
6. 仕事（しごと）がうまくいくようにお願（ねが）いしました。

重要表達練習題 — 解答

推測表現：

〈かもしれません〉

1. 海外へ転勤するかもしれません。
2. 来年、結婚するかもしれません。

〈～でしょう〉

3. 明日は台風が来るでしょう。
4. 時間が経てば忘れるでしょう。

〈～はずです〉

5. 彼は家にいないはずです。
6. 年に２回は帰れるはずです。

敬語表現：

〈尊敬表現〉

1. 部長は１４時に空港へ到着されます。
2. 社長は週末にゴルフをなさいます。

〈謙譲表現〉

3. 明日会社を休ませていただけませんか。
4. タクシーをお呼びしましょうか。

〈動作好處授受的敬語表現〉

5. 私は課長を駅まで送ってさしあげました。
6. 先生に日本語のいろいろな表現を教えていただきました。
7. 社長の奥様は私に茶道を教えてくださいました。

傳聞・推斷表現：

〈傳聞：～そうです〉

1. 今年は暑くなるそうです。
2. 台風が日本を通過するそうです。
3. 昨日仙台で地震があったそうです。
4. 今年の桜は咲くのが遅いそうです。

〈推斷：そうです〉

5. もうすぐ雨が降りそうです。
6. 元気がなさそうですね。
7. この料理はおいしそうです。
8. 会社で出世しそうですね。
9. 何だか嬉しそうですね。

〈推斷、譬喩、舉例：～ようです〉

10. 何かいいことがあったようです。
11. この部屋の中に人がいるようです。
12. どこかで落としたようです。
13. 今日は夏のような天気です。
14. あなたが持っているようなかばんが欲しいです。

〈（聽說）好像：～らしいです〉

15. 台風はもう通り過ぎたらしい（です）。
16. あの芸能人は隠し子がいるらしい（です）。

大家學日語系列 18

大家學標準日本語【高級本】行動學習新版

雙書裝（課本＋文法解說、練習題本）＋ 2 APP（書籍內容＋隨選即聽
MP3、教學影片）iOS / Android 適用

初版 1 刷　2012年12月6日
初版50刷　2024年 3 月5日

作者	出口仁
封面設計	陳文德
版型設計	洪素貞
插畫	出口仁・許仲綺
責任主編	黃冠禎
社長・總編輯	何聖心

發行人	江媛珍
出版發行	檸檬樹國際書版有限公司
	lemontree@treebooks.com.tw
	電話：02-29271121　傳真：02-29272336
	地址：新北市235中和區中安街80號3樓
法律顧問	第一國際法律事務所 余淑杏律師
	北辰著作權事務所 蕭雄淋律師

全球總經銷	知遠文化事業有限公司
	電話：02-26648800　傳真：02-26648801
	地址：新北市222深坑區北深路三段155巷25號5樓

港澳地區經銷	和平圖書有限公司
	電話：852-28046687　傳真：850-28046409
	地址：香港柴灣嘉業街12號百樂門大廈17樓

定價	台幣629元／港幣210元
劃撥帳號	戶名：19726702・檸檬樹國際書版有限公司
	・單次購書金額未達400元，請另付60元郵資
	・ATM・劃撥購書需7-10個工作天

版權所有・侵害必究　本書如有缺頁、破損，請寄回本社更換

大家學標準日本語.高級本(行動學習新版) / 出口仁著.
-- 初版. -- 新北市：檸檬樹國際書版有限公司,
2022.11印刷
面；　公分. -- (大家學日語系列；18)
ISBN 978-986-94387-8-0(平裝)

1.日語 2.讀本

803.18　　　　　　　　　　　　111010002